太陽の門

Hasegawa Kai

長谷川 櫂 句集

青磁社

太陽の門＊目次

句集

太陽の門

I

初富士の圧倒的な白さこそ

赤ん坊のおでこに当たる初日かな

あかあかの地獄めぐるや絵双六

勇ましや炎の中へ雪小雪

国境の山は春呼ぶ谺かな

山はいま木の芽花の芽龍太の忌

戦争を知らぬとは何事ぞ梅真白
かすてらを切るや薔薇の芽みな動く
かすてらは春の重みといふべしや

初花や赤子の眠る母の胸

ひやひやと地球の肌に朝寝かな

同じ夢見てゐる人と朝寝かな

そら豆にならんと思ふ朝寝かな

皮膚癌

死の種子の一つほぐるる朝寝かな

死神の我をうかがふ朝寝かな

春昼の死神に顔あらざりき

へうたんの中のおぼろの花の声

吉野山

咲きみちて花におぼるる桜かな

さざめいて枝垂れ桜や花の中
ちらほらと花こぼれくる桜かな
一日は花一日は花ふぶき

山一つ篩《ふるい》にかけて花ふぶき
花若く月若く人若かりき
夢でしか行けざる花の庵あり

花おもふ心を花と思はずや

西行の年まではと思ふ桜かな

花びらや今はしづかにものの上

永き日やときおり動く鰻筒

鰻筒さても長閑な姿かな

円覚寺横田南嶺老師と対談

大障子一枚へだて初蛙

初蛙老師も声を朗々と

蛙にも丹田あるや呵々大笑

筍や禅なるかな俳なるかな

筍や夢窓国師の夢の中

滅びゆく宋を逃れて昼寝かな

花を吊る釘一丁や夏に入る

赤ん坊をみせびらかさん柏餅

PET検査

さみだれや人体青く発光す

いまひらく百合の射程に我はあり

蟻地獄淋しき鬼の覗きけり

遠き夏飢饉のありし茶碗かな

雲の峰根のなき国の涼しさよ

ここもまた故郷にあらず雲の峰

茄子出でて天下の夏の極みけり

北鎌倉こまき

白玉や国も傾くやはらかさ

祇園祭

鴨川の河童も曳くか長刀鉾

紅や炎天をゆく鉾の傘

賤《しず》の男の話聞かせよ芦刈山

火のごとく炎ゆる体へ氷水
年々に情移りけり竹夫人
ころがして風のなきがら竹夫人

悪と悪闘ひあへる団扇かな

森閑と風殺しゐる網戸かな

昼寝覚冥王星の掠めしか

幻の瀧に打たれて昼寝覚

手術

摘出の一太刀浴びつ昼寝覚

真白な骨ちらばれり昼寝覚

森閑とわが身に一つ蟻地獄

振り返りみれば巨大な蟻地獄

道をしへ道を教へて去りにけり

アフリカは遥かな故郷大夕焼

西国の暴るる龍を夏祓

江ノ島を吹き埋めたるヨットかな

やまゆり号

沖に出て揺るるヨットの静かさよ

太陽に灼けてはためくヨットかな

炎天の幻としてヨットゆく

はや秋の来てゐる白きヨットかな

II

もの一つその音一つけさの秋

八月の真ん中で泣く赤ん坊

火星人曰く

地球こそ戦の星や秋に入る

日本をやり直したし終戦忌

茄子を煮て鉢ごと冷やす残暑かな

秋立つやけさ一望の浅間山

登りゆく人さやけしや浅間山

浅間山空のはるかへ秋の道

新涼や怒濤のごとく山又山

新涼のリスの飛び交ふ大樹かな

誰もまだ触れてはをらぬ桃一つ

白桃の閑かなるかなその影と

白桃や命はるかと思ひしに

病巣は柘榴裂けたるごとくあり

近江堅田

余花朗の昼に遊ぶや秋の鮎

金沢や菊花の中を行くごとく

落雁の箱を開けば花野かな

加賀起き上り小法師

紅の露かとみれば姫小法師

鈴木大拙記念館

方形の石方形の秋の水

瞑想のまたひとひらの柳散る

佇みてもの思ふかに散る柳

饅頭に名は無かりけり秋の風

饅頭の中に大きな栗眠る

チェーホフ

美しきオルガのための秋の歌

妻とゐる日々が花野としらざりき

露にぬれて夜の眠れる大樹かな

魂が魂を呼ぶ夜長かな

藤田嗣治

冷やかな白き茄子の女かな

けふのこの大きな月を高野山

さまざまの月みてきしがけふの月

生者死者こよひ大きな月の中

根本大塔

欲望の塔あかあかや月の中

病巣へ月の刃の冷やかに

朝寒やあざ笑ふやうに手術痕

鬼の口縫うてすさまじ手術痕

大坊珈琲

晩秋や何燻《くゆ》らする珈琲窟

永遠の秋の夕暮れ珈琲窟
珈琲の上をころがる露の玉
山田洋遺句集『一草』
すさまじき草一本の志

興福寺八部衆

八体の一体は鳥冬に入る

人間をなほ信じてや返り花

喝《かっ》食《しき》の唇《くち》ぬめぬめと枯野かな

口を出でて言葉さすらふ枯野かな

かさこそと何に驚く枯葉かな

幽かにも息をしてゐる枯葉かな

心あるごとくにうごく枯葉かな

蓑を着て歩めば我もしぐるるか

肉球をねぶれる虎の屏風かな

めざめれば米原は雪また眠る

眠たげに真昼の雪の舞ひはじむ

幻の鷹一つ舞ふ雪の崖

地の底に塩の凝れる寒さかな

眠りゐるまま氷りたる山一つ

地球よりはるかに古き月氷る

一寸《ちょっと》づつもの動かして冬ごもり

かすてらの底ざくざくと霜柱

宙吊りの鮟鱇の口哄笑す

外套は人間のごと吊られけり

船火事や夢のごとくに闇の奥

煌々と年行き交ふや夜の駅

鎌倉や海わたりくる除夜の鐘

大宇宙の沈黙をきく冬木あり

Ⅲ

初空やさびしさも又新たまる

青空の冷たさならん花びら餅

戦争と戦争の間花びら餅

ラグビーの君に叡智の光あれ
やらふべき鬼が我とは知らざりき
白鳥の恋みにゆかん雪の奥

白鳥の湯浴みの歌よ雪の奥

春立つや白鳥百羽雪の中

長谷川浩子逝去

寸《ずた》々《ずた》となりても白き白魚かな

草花の色かさねてや紙雛

雪山のせせらぎを雛流れこよ

ほころびて唇となる椿かな

一花づつ炎となりし椿かな

花冷の大きな月でありにけり

江ノ島の裏はしづかな花吹雪

江ノ島の沖はるかへと花筏

下駄はいて目刺のごとし笠智衆

春風や少し傾く笠智衆

ひらひらと股間に遊ぶ春の蝶

せんべいに焼かれておぼろ蛸の顔

暮れかねてゐしがいつしか真の闇

覚めてなほ唐紅の春の夢

けさの夢牡丹の花に食はれけり

牡丹の海をただよふ牡丹かな

二三日心の中に白牡丹

富士山は天空の山風薫る

真白な怒濤のサマードレスかな

魂のずぶ濡れになる夏木かな

暗闇を叩けば螢こぼるるか

長井亜紀句集『夏へ』

人生のこれより大いなる夏へ

若き日の記憶寸《ずた》々《ずた》青嵐

炎天に雲湧きつぐや雲の奥

蛇笏龍太山盧

幻の一人の守る夏炉かな

戦争に子を奪はれし夏炉かな

戦争や閑かに夏の炉はありき

閑かなるもの恐ろしき夏炉かな

夏の炉のしづかに人を忘れけり

涼しさや句を生殺のペンの音

虚子墨痕鱠のごとし夜の秋

雨宮更聞氏へ

篆刻のまなこ労はれ五月闇

桑を食む夏蚕の顎やみな屈強

祇園祭

長刀鉾大沈黙の動き出づ

栂尾《とがのお》の猿も兎も鉾を曳く

炎天の男美はし鉾の上

長刀鉾二階座敷に舞妓かな

京中の虫干ならん鉾祭

鉾とけて涼しき風となりにけり

アポロンの旱《ひでり》の海を蛸泳ぐ

蛸の足八本がみなもの思ふ

太陽も紅摘む人も雲の中

紅を摘む手にやはらかや紅の棘

紅舟や紅軽ければ飛ぶごとく

石棺に乾びて涼し紅の花

遠野明がらす

短夜の闇一切れや明がらす

天心へビルの押し合ふ炎暑かな

とけながら瀧となりけり花氷

花氷氷を花の流れけり

オフェーリアの棺なりけり花氷

銀河系宇宙の軒へ吊り忍

風蘭は夢の軒より香るなり

美しき女のごとき金魚飼ふ

ひるがへり水に隠るる金魚かな

一つ死に一つ買ひ足す金魚かな

目覚めては何かものいふ団扇かな

回想のしづかに動く団扇かな

人の世の激流にあり籠枕

我のみか家も昼寝をしてゐたり

Ⅳ

ひつそりと秋の来てゐる山盧かな

かなかなの形見となりし机かな

山の水マチスの桃を冷しあり

山の水桃が浮いたり沈んだり
白桃の一個を前にもの思ふ
沈黙の葡萄の房の垂れはじむ

夕顔の花の大きなしづかさよ

夕顔の棚立てかけて天の川

夕顔の花をあふれて天の川

旅ゆくやこの世の涯の天の川

水昏く近江の国は星祭る

織姫と牛飼ねむる草の床

暁やわが織姫は夢の中

美しや今年ひとしほ星の竹

八月十五日

一億の案山子となつて戦ひき

荒海や今宵流燈数しらず

朝露や香にまみれつつミント刈る

真青なる秋を仰ぎて昼寝かな

稲妻にまだ濡れてゐる女かな

稲妻を一節切らん花入に

月に寝るここちこそすれ月の山

まるまると栗の命《みこと》や一つ栗

木もれ日を一棹にして栗羊羹

打ち延べて羊羹にせん秋の暮

兼六園

水亭は水に浮かびて秋涼し

昼も咲く秋の夕顔魚目逝く

白昼の露の遊ぶや魚目逝く

紅の一つの露のこぼれけり

秋冷の一塊として硯あり

行く秋の天地の間に骸《から》を焼く

枯れ枯れて刈る人もなき蓬かな

正倉院展

鳳凰や一羽残欠すさまじき

残欠や月光砕け散るごとく

東大寺秋の光の琴一つ

鳥の羽剝がれて寒き屛風かな

遠き世の恋人をまつ屛風かな

厨子染めて唐紅や秋の風

一尺の秋紅の象牙かな

花鹿はおのが姿におどろきぬ

さをしかの恋にけがれて鳴く秋ぞ
長き夜の闇のせせらぐ流れかな
わが家に見知らぬ冬の来てゐたり

天枯れて大いなる崖現るる

富士山の大空間と綿虫と

その中の光のもるる胡桃かな

そこに坐《いま》す大仏が邪魔日向ぼこ

須賀川牡丹焚火

牡丹も我も最後は一火炎

牡丹には牡丹の花の業火あり

牡丹の骨に重さのなかりけり

生淡々死又淡々冬木立

真白に一つの夢の氷りけり

北海道ウヨロ川

荒鮭の旅路の果や雪の川

皮は破れ肉は抉《えぐ》れて鮭泳ぐ

もう鮭に非ざるものや流れ寄る

流れ寄る鮭の骸《むくろ》は朽葉かな

幽かにも息をつきをる朽葉かな

一塊の真白き雪や鮭の骸《から》

荒鮭の残骸の鳴る氷かな

源流や氷らんとして鳴りひびく

鮭の魂白き山河へ帰りけり

V

一歳の小さき君へ初電話

恋すてふ子どもがうたふ歌がるた

姫神のささやき聞かん初みくじ

初みくじ言葉の萏ひらきけり

初みくじ恋は木花咲耶姫

白鳥の花くつがへる水の上

白鳥は乙女の声をもらしけり

山盧

大寒や一節切つて竹の筒

大寒や剛にして簡竹の筒

雨宮更聞氏

龍といふ氷に刻む一字かな

りんりんと氷の鱗百合根かな

夕焼けて夕焼けて春いつ来るか

春を待つ井守が一つ池の中

天地微動一輪の梅ひらくとき

春の雪クリムトの絵に降りしきれ

火を浴びてみな佐保姫やお水取

諸橋轍次記念館

大漢和わけても春の一字かな

さわらびの萌え出づるみな漢字かな

とけかかる苔の女雛男雛かな

はくれんは己忘じてひらきけり

春光の大塊として富士はあり

白富士は春の天地を照らしけり

春の富士己まぶしむ白さかな

富士山のどこを切つても春の水

姿なき鬼と闘ふマスクかな

一片のマスクを盾に闘ふも

マスクして人間の顔忘れけり

死神もマスクに顔を隠しけり

花の世に白き骸を並べけり

人類はかく闘ひき花の塵

福島

何もかも奪はれてゐる桜かな

ぬるむとも水に戻れず汚染水

唐津

花鳥賊や水晶の身を真二つ

花烏賊やさざめき動く花の色
刻まれてなほ蠢めくや桜烏賊
桜貝みな苦しみの器とや

真白な貝殻を春のかたみとす

佐保姫はこんな大蛇か登窯

花びらや黒より黒き黒唐津

白唐津花びらよりも軽からん
真白なアスパラガスが春を呼ぶ
寸胴のアスパラガスの女神かな

蜃気楼森閑として崩れけり

我もまた森閑たるや蜃気楼

この人のどこまでゆくか春の道

筍や大空間に一二本

筍や人間になる気などなく

箸といふしづかなるもの空豆へ

どの薔薇か今崩れたる音したり

極楽寺坂

卯の花のなだるる崖を切通し

星の井

昼暗く星の涼める泉かな

鎌倉や水湧きあがる五月闇

母の日や母を忘るること久し

母の日や姥捨山の昔あり

大蝙蝠《こうもり》少年の我に笑へりき

情けあれ丈高くあれ更衣

幾重にも青き楓の金沢へ

人ゆきて水しづかなり早苗取

草とるや人の嘆きを聞きながら

人間の地獄の闇に合歓の花

合歓の花快《け》楽《らく》の蘂をひろげたり
花柘榴誰が香港を殺したか
一切は定家葛の夢の中

五月雨や降り降りて海埋めけり

夏富士や大空高く沈黙す

Ⅵ

雲の峰みしと軋みて天動く

笠かぶり歩いてみたき夕立かな

虹忽と無意識にして美しき

砂山に虹の屍を埋めけり

虹七色その水色のお菓子かな

永遠の閑けさに耐へ昼寝かな

人間が嫌ひにあらず大昼寝

昼寝覚恥をかかねばならぬかな

生き死にのしんと目高の鉢の中

祇園祭

立たざりし長刀鉾の無念こそ
立たざれば独活の大木長刀鉾
京都御所木立の奥の雲の峰

心まで藍しみわたる浴衣かな

やはらかな息をしてゐる浴衣かな

夏切の名もあらばあれ冷し酒

風鈴は小さき翼休めたり

南無金剛病魔退散白団扇

花入に立てて一本白団扇

生まるるも死ぬるも一如白団扇

やはらかな団扇の風に富士浮かぶ

波乗りは大碧落に呑まれけり

海を見る人となりけり土用波

涼しさの闇に声あり二三人

夜白き波の涼しさかぎりなし

妻こよひ人魚となりて夕涼み

闇と闇かたみに語る夕涼み

死者の筏荒海をゆく夜の秋

青空のはるかに夏の墓標たつ

八月や一日一日が戦の忌

白桃や熟れてゆく肉疎ましく

ラ・フランス銀にさびたる緑かな

ラ・フランスみな木もれ日となりしかな

秋晴や天の肋の見ゆるほど

水落ちて日に日に加賀は芳しき

大加賀の秋を干したり稲架《はざ》襖《ぶすま》

昼深く秋の夕顔今年又

寸《ずた》々《ずた》と刻まるる身を秋の風

稲妻のごとき一生と思はずや

心ひとつ洗ひたてなりけふの月

名月やからりと乾く秋津洲

けふの月ほうと抱へて帰るべく

いくばくの肉奪はれてけふの月

龍の骨月の光に埋もれけり

句集読みて妻泣くなかれ鰯雲

長き夜や宇宙を照らす盧遮那仏

風神のけさの一吹き富士に雪

我をみる龍眼といふ木の実かな

恐ろしき恋をささやく柘榴かな

死にいたる笑ひおそろし笑ひ茸

命一つここにとどまる露の玉

正倉院展

残欠や姿とどめず冷《すさ》まじき

霜一塊この世に残す龍の牙
龍は牙忘れて淵に潜みけり
天平の箱は枯葉の音すなり

青空を仰げば揺るる冬木かな

湯豆腐や天下無双の水の味

結晶の塩きらきらと蕪焼く

蓮根の四通八達加賀平野

金沢慶覚寺

白山の初雪のころ梅室忌

梅室忌その墓に雪降りしきれ

俳諧の刀研ぐべし梅室忌

吹きすさぶ風の栖や牡蠣の殻

さすらひの神の塒《ねぐら》か牡蠣の殻

乾鮭に雪吹き入るる格子かな

乾鮭のいよいよかるし雪の風

一本の荒鮭かんと乾びけり

荒鮭や乾びて影となり果てつ

淡麗や雪で冷して生一本

福島をかの日見捨てき雪へ雪

被爆して渚さすらふ雪女

手を入れて乳房ひやりと雪女

夜なべして兎の搗きし餅ならん

外套や馥郁と男ありにけり

VII

広島

夏空の天使ピカリと炸裂す

アメリカの男根そびゆキノコ雲

熱風や眼《まなこ》ひらけば全身火

朝顔や川煮ゆるとは何事ぞ

焼けただれ神よこたはる夏の草

夏草といふ夏草の沈黙す

夏服や原爆遺品九一五

原爆忌写真に今も一家族

風鈴やしんと戦争ありにけり

折鶴は夏の光のかけらかな

黒揚羽黒き炎の飛びめぐる

黒き火の奥に原爆涅槃かな

人間の影も残欠原爆忌

原爆忌こどもが看とるこどもかな

三輪車一つが語る原爆忌

黒焦げの花のブラウス夜の秋

弁当箱一個が遺品夜の秋

戦争やしづかに動く雲の峰

戦争のあとも戦争大夏木

怒りつつ万緑となる大樹あり

炎天や死者の点呼のはじまりぬ

人類に道しるべせよ道をしへ

戦争が通つて行つた稲の道

物体や焼けて爛れて冷まじき

赤黒き塊が赤子雪降り降れ
散らばつて冬の花びら被爆服
冬されや記憶なくせし釦一つ

釦の数記憶の数や冬深し

また一つ積みて髑髏の冬深し

広島の空に真冬の髑髏《しゃれこうべ》

荊冠の原爆ドーム氷りけり

原爆ドームただ一本の霜柱

沖縄

秋風や命を分けし洞《がま》二つ

暗闇の目がみな生きて夜の秋

生きながら蛆に食はるる老女かな

夏草や誰が屍か蝶あまた

子の髑髏母の髑髏と草茂る

赤ん坊は骨も残らず草茂る

炎天や首吊りの木の木《もく》麻《ま》黄《おう》

人間を曳きずる音も炎暑かな

死にもせで夏陽炎となり果てつ

戦争の刻まれてゐる裸かな

妻一人守りえざりし裸かな

村人を守りえざりし大夏木

何神か老いさらばへて大夏木

身をよぢて大樹の嘆く泉かな

戦争が目を覚ましゐる泉かな

目を剝いて戦争眠る木下闇

草むらの蜥蜴となりて生き延びつ

恥づかしければ螢となりて帰り来よ

斎場御嶽《せーふぁうたき》

滴りの凝り凝れる巌かな

岩清らかか闇清らかかに滴れり
大磐石永遠に眠りて滴れり
血を飲みし海青々と沖縄忌

木も殺め草も殺めき沖縄忌
かの夏へつづくカンナの小道あり
紅や炎天深く裂けゐたり

沖縄の戦火の村へ昼寝覚
仏桑花一瞬にして鉄の雨
苦しめる蕊長々と仏桑花

戦争を嗤《わら》ふ無数の蛆清らか

屍に木の根草の根五月闇

常《とこ》闇《やみ》を這ひ上りきて茂りけり

戦争や心の奥も草茂る

泡盛

唇に花びらひらく古酒《くーす》かな

薔薇色の炎ときえし古酒かな

揺れながら魂ねむる古酒かな

馥郁と無の一滴の古酒かな

古酒一壺無の花びらよ降りつもれ

首里城

火の鳥の城炎え尽くす夜長かな

あかあかと龍宮炎ゆる夜長かな

秋晴の翼ひろげて首里ありき

あとがき

句集『太陽の門』は二〇一八年（平成三十年）から二〇二〇年（令和二年）まで三年間の俳句を集めた。Ⅶの広島、沖縄の句は「俳句」二〇二〇年七月号の「太陽の門」を再編した。

この句集も青磁社社主の永田淳さん、装幀は加藤恒彦さんにお願いした。表紙カバーには今回も鈴木理策さんの写真（写真集『知覚の感光板』所収）をお借りした。感謝申し上げるとともに、どんな本になるか楽しみにしている。

長谷川　櫂

二〇二一年立夏

季語索引

あ行

青嵐【あおあらし】（夏）
若き日の記憶寸々青嵐　六七
秋【あき】（秋）
浅間山空のはるかへ秋の道　三五
一尺の秋紅の象牙かな　九五
美しきオルガのための秋の歌　四〇
東大寺秋の光の琴一つ　九四
昼深く秋の夕顔今年又　一四〇
昼も咲く秋の夕顔魚目逝く　九一
真青なる秋を仰ぎて昼寝かな　八八
秋風【あきかぜ】（秋）
秋風や命を分けし洞二つ　一六七
厨子染めて唐紅や秋の風　九五
寸々と刻まるる身を秋の風　一四一
饅頭に名は無かりけり秋の風　四〇
秋の暮【あきのくれ】（秋）
打ち延べて羊羹にせん秋の暮　九〇
永遠の秋の夕暮れ珈琲窟　四五
秋の水【あきのみず】（秋）
方形の石方形の秋の水　三九
秋晴【あきばれ】（秋）
秋晴の翼ひろげて首里ありき　一八〇
秋晴や天の肋の見ゆるほど　一三九
朝顔【あさがお】（秋）
朝顔や川煮ゆるとは何事ぞ　一五八
朝寒【あさざむ】（秋）
朝寒やあざ笑ふやに手術痕　四四
朝寝【あさね】（春）
同じ夢見てゐる人と朝寝かな　一〇
死神の我をうかがふ朝寝かな　一一
死の種子の一つほぐるる朝寝かな　一一
そら豆にならんと思ふ朝寝かな　一一

ひやひやと地球の肌に朝寝かな　一〇
アスパラガス【あすぱらがす】（春）
寸胴のアスパラガスの女神かな　一一八
真白なアスパラガスが春を呼ぶ　一一八
天の川【あまのがわ】（秋）
旅ゆくやこの世の涯の天の川　八六
夕顔の棚立てかけて天の川　八五
夕顔の花をあふれて天の川　八五
網戸【あみど】（夏）
森閑と風殺しゐる網戸かな　二四
蟻地獄【ありじごく】（夏）
蟻地獄淋しき鬼の覗きけり　二〇
森閑とわが身に一つ蟻地獄　二六
振り返りみれば巨大な蟻地獄　二六
鮟鱇【あんこう】（冬）
宙吊りの鮟鱇の口哄笑す　五一
泉【いずみ】（夏）
戦争が目を覚ましゐる泉かな　一七二
昼暗く星の涼める泉かな　一二一
身をよぢて大樹の嘆く泉かな　一七二
稲妻【いなずま】（秋）
稲妻にまだ濡れてゐる女かな　八九
稲妻のごとき一生と思はずや　一四一
稲妻を一節切らん花入に　八九
稲【いね】（秋）
戦争が通つて行つた稲の道　一六四
鰯雲【いわしぐも】（秋）
句集読みて妻泣くなかれ鰯雲　一四三
蛆【うじ】（夏）
生きながら蛆に食はるる老女かな　一六八
戦争を嗤ふ無数の蛆清らか　一七七
団扇【うちわ】（夏）
悪と悪闘ひあへる団扇かな　二四
生まるるも死ぬるも一如白団扇　一三五
回想のしづかに動く団扇かな　七八
南無金剛病魔退散白団扇　一三四

花入に立てて一本白団扇　一三四
目覚めては何かものいふ団扇かな　七八
やはらかな団扇の風に富士浮かぶ　一三五
卯の花【うのはな】（夏）
卯の花のなだるる崖を切通し　一二一
梅【うめ】（春）
戦争を知らぬとは何事ぞ梅真白　九
天地微動一輪の梅ひらくとき　一〇九
絵双六【えすごろく】（新年）
あかあかの地獄めぐるや絵双六　七
炎暑【えんしょ】（夏）
天心へビルの押し合ふ炎暑かな　七五
人間を曳きずる音も炎暑かな　一七〇
炎天【えんてん】（夏）
炎天に雲湧きつぐや雲の奥　六七
炎天や首吊りの木の木麻黄　一六九
炎天や死者の点呼のはじまりぬ　一六三
紅や炎天深く裂けゐたり　一七五
沖縄忌【おきなわき】（夏）
木も殺め草も殺めき沖縄忌　一七五
血を飲みし海青々と沖縄忌　一七四
落鮎【おちあゆ】（秋）
余花朗の昼に遊ぶや秋の鮎　三七
落し水【おとしみず】（秋）
水落ちて日に日に加賀は芳しき　一四〇
鬼やらひ【おにやらい】（冬）
やらふべき鬼が我とは知らざりき　五八
朧【おぼろ】（春）
せんべいに焼かれておぼろ蛸の顔　六三
お水取【おみずとり】（春）
火を浴びてみな佐保姫やお水取　一一〇

か行

外套【がいとう】（冬）
外套は人間のごと吊られけり　五二
外套や馥郁と男ありにけり　一五三

帰り花【かえりばな】（冬）
人間をなほ信じてや返り花　四六
案山子【かがし】（秋）
一億の案山子となつて戦ひき　八七
牡蠣【かき】（冬）
さすらひの神の塒か牡蠣の殻　一四九
吹きすさぶ風の栖や牡蠣の殻　一四九
籠枕【かごまくら】（夏）
人の世の激流にあり籠枕　七八
火事【かじ】（冬）
船火事や夢のごとくに闇の奥　五二
柏餅【かしわもち】（夏）
赤ん坊をみせびらかさん柏餅　一九
風薫る【かぜかおる】（夏）
富士山は天空の山風薫る　六五
蕪【かぶ】（冬）
結晶の塩きらきらと蕪焼く　一四七
乾鮭【からざけ】（冬）
荒鮭や乾びて影となり果てつ　一五一
一本の荒鮭かんと乾びけり　一五〇
乾鮭に雪吹き入るる格子かな　一五〇
乾鮭のいよいよかるし雪の風　一五〇
歌留多【かるた】（新年）
恋すてふ子どもがうたふ歌がるた　一〇五
枯野【かれの】（冬）
喝食の唇ぬめぬめと枯野かな　四六
口を出でて言葉さすらふ枯野かな　四七
枯葉【かれは】（冬）
かさこそと何に驚く枯葉かな　四七
幽かにも息をしてゐる枯葉かな　四七
心あるごとくにうごく枯葉かな　四八
天平の箱は枯葉の音すなり　一四六
蛙【かわず】（春）
大障子一枚へだて初蛙　一六
蛙にも丹田あるや呵々大笑　一七
初蛙老師も声を朗々と　一七

カンナ【かんな】（秋）
かの夏へつづくカンナの小道あり　一七五
祇園会【ぎおんえ】（夏）
炎天の男美はし鉾の上　七一
鴨川の河童も曳くか長刀鉾　二三
京中の虫干ならん鉾祭　七二
紅や炎天をゆく鉾の傘　二三
賤の男の話聞かせよ芦刈山　二三
立たざりし長刀鉾の無念こそ　一三二
立たざれば独活の大木長刀鉾　一三二
栂尾の猿も兎も鉾を曳く　七一
長刀鉾大沈黙の動き出づ　七〇
長刀鉾二階座敷に舞妓かな　七一
鉾とけて涼しき風となりにけり　七二
菊【きく】（秋）
金沢や菊花の中を行くごとく　三八
金魚【きんぎょ】（夏）
美しき女のごとき金魚飼ふ　七七
一つ死に一つ買ひ足す金魚かな　七七
ひるがへり水に隠るる金魚かな　七七
草茂る【くさしげる】（夏）
赤ん坊は骨も残らず草茂る　一六九
子の髑髏母の髑髏と草茂る　一六九
戦争や心の奥も草茂る　一七八
草取【くさとり】（夏）
草とるや人の嘆きを聞きながら　二二四
朽葉【くちば】（冬）
幽かにも息をつきをる朽葉かな　一〇一
流れ寄る鮭の骸は朽葉かな　一〇一
雲の峰【くものみね】（夏）
京都御所木立の奥の雲の峰　一三二
雲の峰根のなき国の涼しさよ　二〇
雲の峰みしと軋みて天動く　一二九
ここもまた故郷にあらず雲の峰　二一
戦争やしづかに動く雲の峰　一六二
栗【くり】（秋）

まるまると栗の命や一つ栗　九〇
饅頭の中に大きな栗眠る　四〇
栗羊羹【くりようかん】（秋）
木もれ日を一棹にして栗羊羹　九〇
胡桃【くるみ】（秋）
その中の光のもるる胡桃かな　九七
原爆忌【げんばくき】（秋）
アメリカの男根そびゆキノコ雲　一五七
原爆忌こどもが看とるこどもかな　一六一
原爆忌写真に今も一家族　一五九
三輪車一つが語る原爆忌　一六一
人間の影も残欠原爆忌　一六一
蝙蝠【こうもり】（夏）
大蝙蝠少年の我に笑へりき　一二三
氷【こおり】（冬）
荒鮭の残骸の鳴る氷かな　一〇二
龍といふ氷に刻む一字かな　一〇八
りんりんと氷の鱗百合根かな　一〇八
氷水【こおりみず】（夏）
火のごとく炎ゆる体へ氷水　二三
凍る【こおる】（冬）
荊冠の原爆ドーム氷りけり　一六七
源流や氷らんとして鳴りひびく　一〇二
地球よりはるかに古き月氷る　五〇
眠りゐるまま氷りたる山一つ　五〇
真白に一つの夢の氷りけり　九九
木下闇【こしたやみ】（夏）
目を剝いて戦争眠る木下闇　一七二
古酒【こしゅ】（秋）
古酒一壺無の花びらよ降りつもれ　一七九
唇に花びらひらく古酒かな　一七八
薔薇色の炎ときえし古酒かな　一七八
馥郁と無の一滴の古酒かな　一七九
揺れながら魂ねむる古酒かな　一七九
木の実【このみ】（秋）
我をみる龍眼といふ木の実かな　一四四

更衣【ころもがえ】（夏）
情けあれ丈高くあれ更衣　一二三

さ行

サーフィン【さーふぃん】（夏）
波乗りは大碧落に呑まれけり　一三五
佐保姫【さおひめ】（春）
佐保姫はこんな大蛇か登窯　一一七
桜【さくら】（春）
西行の年まではと思ふ桜かな　一五
咲きみちて花におぼるる桜かな　一二
ちらほらと花こぼれくる桜かな　一三
何もかも奪はれてゐる桜かな　一一五
桜貝【さくらがい】（春）
桜貝みな苦しみの器とや　一一六
石榴【ざくろ】（秋）
恐ろしき恋をささやく柘榴かな　一四四
病巣は柘榴裂けたるごとくあり　三七
石榴の花【ざくろのはな】（夏）
花柘榴誰が香港を殺したか　一二五
鮭【さけ】（秋）
皮は破れ肉は抉れて鮭泳ぐ　一〇〇
鮭の魂白き山河へ帰りけり　一〇二
もう鮭に非ざるものや流れ寄る　一〇〇
五月闇【さつきやみ】（夏）
鎌倉や水湧きあがる五月闇　一二二
屍に木の根草の根五月闇　一七七
篆刻のまなこ労はれ五月闇　七〇
五月雨【さみだれ】（夏）
さみだれや人体青く発光す　一九
五月雨や降り降りて海埋めけり　一二六
寒し【さむし】（冬）
地の底に塩の凝れる寒さかな　五〇
爽やか【さわやか】（秋）
登りゆく人さやけしや浅間山　三五
残暑【ざんしょ】（秋）

茄子を煮て鉢ごと冷やす残暑かな　三四
鹿【しか】（秋）
さをしかの恋にけがれて鳴く秋ぞ　九六
花鹿はおのが姿におどろきぬ　九五
時雨【しぐれ】（冬）
蓑を着て歩めば我もしぐるるか　四八
茂【しげり】（夏）
常闇を這ひ上りきて茂りけり　一七七
滴り【したたり】（夏）
岩清らか闇清らかに滴れり　一七四
滴りの凝り凝れる巌かな　一七三
大磐石永遠に眠りて滴れり　一七四
枝垂桜【しだれざくら】（春）
さざめいて枝垂れ桜や花の中　一三
霜【しも】（冬）
霜一塊この世に残す龍の牙　一四六
霜柱【しもばしら】（冬）
かすてらの底ざくざくと霜柱　五一
原爆ドームただ一本の霜柱　一六七
終戦記念日【しゅうせんきねんび】（秋）
日本をやり直したし終戦忌　三四
春光【しゅんこう】（春）
春光の大塊として富士はあり　一一
春昼【しゅんちゅう】（春）
春昼の死神に顔あらざりき　一二
除夜の鐘【じょやのかね】（冬）
鎌倉や海わたりくる除夜の鐘　五三
白魚【しらうお】（冬）
寸々となりても白き白魚かな　五九
白玉【しらたま】（夏）
白玉や国も傾くやはらかさ　二一
蜃気楼【しんきろう】（春）
蜃気楼森閑として崩れけり　一一九
我もまた森閑たるや蜃気楼　一一九
新涼【しんりょう】（秋）
新涼のリスの飛び交ふ大樹かな　三六

新涼や怒濤のごとく山又山　三五
水亭は水に浮かびて秋涼し　九一
冷まじ【すさまじ】（秋）
鬼の口縫うてすさまじ手術痕　四四
残欠や姿とどめず冷まじき　一四五
すさまじき草一本の志　四五
物体や焼けて爛れて冷まじき　一六四
鳳凰や一羽残欠すさまじき　九三
涼し【すずし】（夏）
涼しさの闇に声あり二三人　一三六
涼しさや句を生殺のペンの音　六九
夜白き波の涼しさかぎりなし　一三六
納涼【すずみ】（夏）
妻こよひ人魚となりて夕涼み　一三七
闇と闇かたみに語る夕涼み　一三七
蚕豆【そらまめ】（夏）
箸といふしづかなるもの空豆へ　一二〇

た行

大寒【だいかん】（冬）
大寒や一節切つて竹の筒　一〇七
大寒や剛にして箇竹の筒　一〇七
筍【たけのこ】（夏）
筍や禅なるかな俳なるかな　一一七
筍や大空間に一二本　一二〇
筍や人間になる気などなく　一二〇
筍や夢窓国師の夢の中　一一八
蛸【たこ】（夏）
蛸の足八本がみなもの思ふ　七三
七夕【たなばた】（秋）
暁やわが織姫は夢の中　八七
美しや今年ひとしほ星の竹　八七
織姫と牛飼ねむる草の床　八六
水昏く近江の国は星祭る　八六
竹婦人【ちくふじん】（夏）

ころがして風のなきがら竹夫人　二三
年々に情移りけり竹夫人　二三
遅日【ちじつ】（春）
暮れかねてゐしがいつしか真の闇　六三
蝶【ちょう】（春）
ひらひらと股間に遊ぶ春の蝶　六三
月【つき】（秋）
残欠や月光砕け散るごとく　九三
月に寝るここちこそすれ月の山　八九
病巣へ月の刃の冷やかに　四三
欲望の塔あかあかや月の中　四三
龍の骨月の光に埋もれけり　一四三
椿【つばき】（春）
一花づつ炎となりし椿かな　六一
ほころびて唇となる椿かな　六〇
露【つゆ】（秋）
朝露や香にまみれつつミント刈る　八八
命一つここにとどまる露の玉　一四五
紅の露かとみれば姫小法師　三八
紅の一つの露のこぼれけり　九二
珈琲の上をころがる露の玉　四五
露にぬれて夜の眠れる大樹かな　四一
白昼の露の遊ぶや魚目逝く　九一
釣忍【つりしのぶ】（夏）
銀河系宇宙の軒へ吊り忍　七六
定家葛の花【ていかかずらのはな】（夏）
一切は定家葛の夢の中　一二五
灯籠流【とうろうながし】（秋）
荒海や今宵流燈数しらず　八八
蜥蜴【とかげ】（夏）
草むらの蜥蜴となりて生き延びつ　一七三
毒茸【どくたけ】（秋）
死にいたる笑ひおそろし笑ひ茸　一四五
土用波【どようなみ】（夏）
海を見る人となりけり土用波　一三六

な行

苗取【なえとり】（夏）
人ゆきて水しづかなり早苗取　一二四
夏越の祓【なごしのはらえ】（夏）
西国の暴るる龍を夏祓　二七
梨【なし】（秋）
ラ・フランス銀にさびたる緑かな　一三九
ラ・フランスみな木もれ日となりしかな　一三九
茄子【なす】（夏）
茄子出でて天下の夏の極みけり　二一
夏【なつ】（夏）
青空のはるかに夏の墓標たつ　一三八
折鶴は夏の光のかけらかな　一六〇
死にもせで夏陽炎となり果てつ　一七〇
人生のこれより大いなる夏へ　六六
遠き夏飢饉のありし茶碗かな　二〇
夏草【なつくさ】（夏）
夏草といふ夏草の沈黙す　一五八
夏草や誰が屍か蝶あまた　一六八
焼けただれ神よこたはる夏の草　一五八
夏蚕【なつご】（夏）
桑を食む夏蚕の顎やみな屈強　七〇
夏木立【なつこだち】（夏）
戦争のあとも戦争大夏木　一六三
魂のずぶ濡れになる夏木かな　六六
何神か老いさらばへて大夏木　一七一
村人を守りえざりし大夏木　一七一
夏の空【なつのそら】（夏）
夏空の天使ピカリと炸裂す　一五七
夏の蝶【なつのちょう】（夏）
黒揚羽黒き炎の飛びめぐる　一六〇
夏服【なつふく】（夏）
夏服や原爆遺品九一五　一五九
夏富士【なつふじ】（夏）
真白な怒濤のサマードレスかな　六五

夏富士や大空高く沈黙す　一二六

夏炉【なつろ】（夏）
閑かなるもの恐ろしき夏炉かな　六八
戦争に子を奪はれし夏炉かな　六八
戦争や閑かに夏の炉はありき　六八
夏の炉のしづかに人を忘れけり　六九
幻の一人の守る夏炉かな　六七

虹【にじ】（夏）
砂山に虹の屍を埋めけり　一三〇
虹忽と無意識にして美しき　一二九
虹七色その水色のお菓子かな　一三〇

熱風【ねっぷう】（夏）
熱風や眼ひらけば全身火　一五七

涅槃会【ねはんえ】（春）
黒き火の奥に原爆涅槃かな　一六〇

合歓の花【ねむのはな】（夏）
人間の地獄の闇に合歓の花　一二四
合歓の花快楽の蘂をひろげたり　一二五

長閑【のどか】（春）
鰻筒さても長閑な姿かな　一六

は行

梅室忌【ばいしつき】（冬）
俳諧の刀研ぐべし梅室忌　一四九
梅室忌その墓に雪降りしきれ　一四八
白山の初雪のころ梅室忌　一四八

白鳥【はくちょう】（冬）
白鳥の恋みにゆかん雪の奥　五八
白鳥の花くつがへる水の上　一〇六
白鳥の湯浴みの歌よ雪の奥　五九
白鳥は乙女の声をもらしけり　一〇七

白木蓮【はくもくれん】（春）
はくれんは己忘じてひらきけり　一一一

稲架【はざ】（秋）
大加賀の秋を干したり稲架襖　一四〇

蓮根掘る【はすねほる】（冬）

蓮根の四通八達加賀平野　一四八
裸【はだか】（夏）
戦争の刻まれてゐる裸かな　一七〇
妻一人守りえざりし裸かな　一七一
八月【はちがつ】（秋）
八月の真ん中で泣く赤ん坊　三三
八月や一日一日が戦の忌　一三八
初空【はつぞら】（新年）
初空やさびしさも又新たまる　五七
初電話【はつでんわ】（新年）
一歳の小さき君へ初電話　一〇五
初花【はつはな】（春）
初花や赤子の眠る母の胸　一〇
初日【はつひ】（新年）
赤ん坊のおでこに当たる初日かな　七
初富士【はつふじ】（新年）
初富士の圧倒的な白さこそ　七
初詣【はつもうで】（新年）
初みくじ恋は木花咲耶姫　一〇六
初みくじ言葉の莟ひらきけり　一〇六
姫神のささやき聞かん初みくじ　一〇五
花【はな】（春）
花おもふ心を花と思はずや　一一五
花の世に白き骸を並べけり　一一四
花若く月若く人若かりき　一一四
へうたんの中のおぼろの花の声　一一二
夢でしか行けざる花の庵あり　一一四
花烏賊【はないか】（春）
刻まれてなほ蠢めくや桜烏賊　一一六
花烏賊やさざめき動く花の色　一一六
花烏賊や水晶の身を真二つ　一一五
花筏【はないかだ】（春）
江ノ島の沖はるかへと花筏　六二
花氷【はなごおり】（夏）
オフェーリアの棺なりけり花氷　七六
とけながら瀧となりけり花氷　七五

花氷氷を花の流れけり　七五
花野【はなの】（秋）
妻とゐる日々が花野としらざりき　四一
落雁の箱を開けば花野かな　三八
花冷【はなびえ】（春）
花冷の大きな月でありにけり　六一
花びら餅【はなびらもち】（新年）
青空の冷たさならん花びら餅　五七
戦争と戦争の間花びら餅　五七
母の日【ははのひ】（夏）
母の日や姥捨山の昔あり　一二三
母の日や母を忘るること久し　一二三
薔薇【ばら】（夏）
どの薔薇か今崩れたる音したり　一二一
薔薇の芽【ばらのめ】（春）
かすてらを切るや薔薇の芽みな動く　九
春【はる】（春）
かすてらは春の重みといふべしや　九
国境の山は春呼ぶ谺かな　八
この人のどこまでゆくか春の道　一一九
白富士は春の天地を照らしけり　一一二
大漠和わけても春の一字かな　一一〇
真白な貝殻を春のかたみとす　一一七
春の風【はるのかぜ】（春）
春風や少し傾く笠智衆　六二
春の水【はるのみず】（春）
富士山のどこを切っても春の水　一一二
春の山【はるのやま】（春）
春の富士己まぶしむ白さかな　一一二
春の雪【はるのゆき】（春）
春の雪クリムトの絵に降りしきれ　一〇九
春の夢【はるのゆめ】（春）
覚めてなほ唐紅の春の夢　六四
春待つ【はるまつ】（冬）
春を待つ井守が一つ池の中　一〇九
夕焼けて夕焼けて春いつ来るか　一〇八

晩秋【ばんしゅう】（秋）
晩秋や何燻らする珈琲窟　四四
斑猫【はんみょう】（夏）
人類に道しるべせよ道をしへ　一六四
道をしへ道を教へて去りにけり　二六
万緑【ばんりょく】（夏）
怒りつつ万緑となる大樹あり　一六三
蜩【ひぐらし】（秋）
かなかなの形見となりし机かな　八三
旱【ひでり】（夏）
アポロンの旱の海を蛸泳ぐ　七二
日永【ひなが】（春）
永き日やときおり動く鰻筒　一六
日向ぼこり【ひなたぼこり】（冬）
そこに坐す大仏が邪魔日向ぼこ　九八
雛祭【ひなまつり】（春）
草花の色かさねてや紙雛　六〇
とけかかる菩の女雛男雛かな　一一一
雪山のせせらぎを離流れこよ　六〇
冷酒【ひやざけ】（夏）
夏切の名もあらばあれ冷し酒　一三三
冷やか【ひややか】（秋）
秋冷の一塊として硯あり　九二
冷やかな白き茄子の女かな　四二
屛風【びょうぶ】（冬）
遠き世の恋人をまつ屛風かな　九四
鳥の羽剝がれて寒き屛風かな　九四
肉球をねぶれる虎の屛風かな　四八
昼寝【ひるね】（夏）
永遠の閑けさに耐へ昼寝かな　一三〇
沖縄の戦火の村へ昼寝覚　一七六
摘出の一太刀浴びつ昼寝覚　一二五
人間が嫌ひにあらず大昼寝　一三一
昼寝覚恥をかかねばならぬかな　一三一
昼寝覚冥王星の掠めしか　一二四
滅びゆく宋を逃れて昼寝かな　一一八

真白な骨ちらばれり昼寝覚　二五
幻の瀧に打たれて昼寝覚　二五
我のみか家も昼寝をしてゐたり　七九
風蘭【ふうらん】（夏）
風蘭は夢の軒より香るなり　七六
風鈴【ふうりん】（夏）
風鈴は小さき翼休めたり　一三四
風鈴やしんと戦争ありにけり　一五九
富士の初雪【ふじのはつゆき】（秋）
風神のけさの一吹き富士に雪　一四四
仏桑花【ぶっそうげ】（夏）
苦しめる蕊長々と仏桑花　一七六
仏桑花一瞬にして鉄の雨　一七六
葡萄【ぶどう】（秋）
沈黙の葡萄の房の垂れはじむ　八四
冬【ふゆ】（冬）
散らばつて冬の花びら被爆服　一六五
冬枯【ふゆがれ】（冬）
枯れ枯れて刈る人もなき蓬かな　九三
天枯れて大いなる崖現るる　九七
冬木【ふゆき】（冬）
青空を仰げば揺るる冬木かな　一四七
大宇宙の沈黙をきく冬木あり　五三
冬木立【ふゆこだち】（冬）
生淡々死又淡々冬木立　九九
冬籠【ふゆごもり】（冬）
一寸づつもの動かして冬ごもり　五一
冬ざれ【ふゆざれ】（冬）
冬されや記憶なくせし釦一つ　一六五
冬深し【ふゆふかし】（冬）
広島の空に真冬の髑髏　一六六
釦の数記憶の数や冬深し　一六六
また一つ積みて髑髏の冬深し　一六六
紅の花【べにのはな】（夏）
石棺に乾びて涼し紅の花　七四
太陽も紅摘む人も雲の中　七三

紅舟や紅軽ければ飛ぶごとく　七四
紅を摘む手にやはらかや紅の棘　七三
蛍【ほたる】（夏）
暗闇を叩けば螢こぼるるか　六六
恥づかしければ螢となりて帰り来よ　一七三
牡丹【ぼたん】（夏）
けさの夢牡丹の花に食はれけり　六四
二三日心の中に白牡丹　六五
牡丹には牡丹の花の業火あり　九八
牡丹の海をただよふ牡丹かな　六四
牡丹の骨に重さのなかりけり　九九
牡丹も我も最後は一火炎　九八

ま行

マスク【ますく】（冬）
死神もマスクに顔を隠しけり　一一四
姿なき鬼と闘ふマスクかな　一一三
一片のマスクを盾に闘ふも　一一三
マスクして人間の顔忘れけり　一一三
短夜【みじかよ】（夏）
短夜の闇一切れや明がらす　七四
水温む【みずぬるむ】（春）
ぬるむとも水に戻れず汚染水　一一五
名月【めいげつ】（秋）
いくばくの肉奪はれてけふの月　一四二
けふのこの大きな月を高野山　四二
けふの月ほうと抱へて帰るべく　一四二
心ひとつ洗ひたてなりけふの月　一四一
さまざまの月みてきしがけふの月　四二
生者死者こよひ大きな月の中　四三
名月やからりと乾く秋津洲　一四二
目刺【めざし】（春）
下駄はいて目刺のごとし笠智衆　六二
目高【めだか】（夏）
生き死にのしんと目高の鉢の中　一三一
餅【もち】（冬）

夜なべして兎の搗きし餅ならん　一五二

桃【もも】（秋）
誰もまだ触れてはをらぬ桃一つ　三六
白桃の一個を前にもの思ふ　八四
白桃の閑かなるかなその影と　三六
白桃や命はるかと思ひしに　三七
白桃や熟れてゆく肉疎ましく　一三八
山の水マチスの桃を冷しあり　八三
山の水桃が浮いたり沈んだり　八四

や行

柳散る【やなぎちる】（秋）
佇みてもの思ふかに散る柳　三九
瞑想のまたひとひらの柳散る　三九

夕顔【ゆうがお】（夏）
夕顔の花の大きなしづかさよ　八五

夕立【ゆうだち】（夏）
笠かぶり歩いてみたき夕立かな　一二九

夕焼【ゆうやけ】（夏）
アフリカは遥かな故郷大夕焼　二七

浴衣【ゆかた】（夏）
心まで藍しみわたる浴衣かな　一三三
やはらかな息をしてゐる浴衣かな　一三三

雪【ゆき】（冬）
赤黒き塊が赤子雪降り降れ　一六五
荒鮭の旅路の果や雪の川　一〇〇
勇ましや炎の中へ雪小雪　八
淡麗や雪で冷して生一本　一五一
眠たげに真昼の雪の舞ひはじむ　四九
一塊の真白き雪や鮭の骸　一〇一
福島をかの日見捨てき雪へ雪　一五一
幻の鷹一つ舞ふ雪の崖　四九
めざめれば米原は雪また眠る　四九

雪女【ゆきおんな】（冬）
手を入れて乳房ひやりと雪女　一五二
被爆して渚さすらふ雪女　一五二

行く秋【ゆくあき】（秋）
行く秋の天地の間に骸を焼く　九二
行く年【ゆくとし】（冬）
煌々と年行き交ふや夜の駅　五二
湯豆腐【ゆどうふ】（冬）
湯豆腐や天下無双の水の味　一四七
百合【ゆり】（夏）
いまひらく百合の射程に我はあり　一九
ヨット【よっと】（夏）
江ノ島を吹き埋めたるヨットかな　二七
炎天の幻としてヨットゆく　二八
沖に出て揺るるヨットの静かさよ　二八
太陽に灼けてはためくヨットかな　二八
夜長【よなが】（秋）
あかあかと龍宮炎ゆる夜長かな　一八〇
魂が魂を呼ぶ夜長かな　四一
長き夜の闇のせせらぐ流れかな　九六
長き夜や宇宙を照らす盧遮那仏　一四三
火の鳥の城炎え尽くす夜長かな　一八〇
夜の秋【よるのあき】（夏）
虚子墨痕鯰のごとし夜の秋　六九
暗闇の目がみな生きて夜の秋　一六八
黒焦げの花のブラウス夜の秋　一六二
死者の筏荒海をゆく夜の秋　一三七
弁当箱一個が遺品夜の秋　一六二

ら行

ラグビー【らぐびー】（冬）
ラグビーの君に叡智の光あれ　五八
落花【らっか】（春）
一日は花一日は花ふぶき　一三
江ノ島の裏はしづかな花吹雪　六一
白唐津花びらよりも軽からん　一一八
人類はかく闘ひき花の塵　一一四
花びらや今はしづかにものの上　一一五
花びらや黒より黒き黒唐津　一一七

山一つ篩にかけて花ふぶき　一四
立夏【りっか】（夏）
花を吊る釘一丁や夏に入る　一八
立秋【りっしゅう】（秋）
秋立つやけさ一望の浅間山　三四
地球こそ戦の星や秋に入る　三三
はや秋の来てゐる白きヨットかな　二九
ひつそりと秋の来てゐる山盧かな　八三
もの一つその音一つけさの秋　三三
立春【りっしゅん】（春）
春立つや白鳥百羽雪の中　五九
立冬【りっとう】（冬）
八体の一体は鳥冬に入る　四六
わが家に見知らぬ冬の来てゐたり　九六
龍太忌【りゅうたき】（春）
山はいま木の芽花の芽龍太の忌　八
龍淵に潜む【りゅうふちにひそむ】（秋）
龍は牙忘れて淵に潜みけり　一四六

わ行

若楓【わかかえで】（夏）
幾重にも青き楓の金沢へ　一二三
綿虫【わたむし】（冬）
富士山の大空間と綿虫と　九七
蕨【わらび】（春）
さわらびの萌え出づるみな漢字かな　一一〇

初句索引

あ

い

う

え

一つの露の　九二
紅や
　炎天深く　一七五
　炎天をゆく　二二
黒揚羽　一六〇
黒き火の　一六〇
黒焦げの　一六二
桑を食む　七〇

け

荊冠の　一六七
けさの夢　六四
下駄はいて　六二
結晶の　一四七
原爆忌
　こどもが看とる　一六一
　写真に今も　一五九
原爆ドーム　一六七
源流や　一〇二

こ

恋すてふ　一〇五
煌々と　五二
珈琲の　四五
ここもまた　二一
心ある　四八
心ひとつ　一四一
心まで　一三三
国境の　八
子の髑髏　一六九
この人の　一一九
木もれ日を　九〇
ころがして　三三

さ

西行の　一五
西国の　二七
さをしかの　九六
佐保姫は　一一七
咲きみちて　一一二
桜貝　一一六
鮭の魂　一〇二
さざめいて　一三
さすらひの　一四九
さまざまの　四二
さみだれや　一九
五月雨や　一二六
覚めてなほ　六四
さわらびの　一一〇
残欠や
　月光砕け　九三
　姿とどめず　一四五
三輪車　一六一

し

屍に　一七七
死者の筏　一三七
閑かなる　六八
賤の男の　二二
滴りの　一七三
死にいたる　一四五
死神の　一一
死神も　一一四
死にもせで　一七〇
死の種子の　一一
霜一塊　一四六
春光の　一一一
春昼の　一一二
白玉や　二一
白唐津　一一八
白富士は　一一二
森閑と
　風殺しゐる　二四
　わが身に一つ　二六
蜃気楼　一一九
人生の　六六

病巣へ　四三
へうたんの　一二
ひらひらと　六三
ひるがへり　七七
昼暗く　一二一
昼寝覚
　恥をかかねば　一三一
　冥王星の　二四
昼深く　一四〇
昼も咲く　九一
広島の　一六六
火を浴びて　一一〇

ふ

風神の　一四四
風蘭は　七六
風鈴は　一三四
風鈴や　一五九
吹きすさぶ　一四九
馥郁と　一七九
福島を　一五一
富士山の
　大空間と　九七
　どこを切つても　一一二
富士山は　六五
仏桑花　一七六
物体や　一六四
船火事や　五二
冬されや　一六五
振り返り　二六

へ

紅舟や　七四
紅を摘む　七三
弁当箱　一六二

ほ

鳳凰や　九三
方形の　三九
鉾とけて　七二
ほころびて　六〇
牡丹には　九八
牡丹の
　海をただよふ　六四
　骨に重さの　九九
釦の数　一六六
牡丹も　九八
滅びゆく　一八

ま

真青なる　八八
マスクして　一一三
また一つ　一六六
真白な
　アスパラガスが　一一八
　貝殻を春の　一一七
　怒濤のサマー　六五
　骨ちらばれり　二五
真白に　九九
幻の
　鷹一つ舞ふ　四九
　瀧に打たれて　二五
　一人の守る　六七
まるまると　九〇
饅頭に　四〇
饅頭の　四〇

み

短夜の　七四
水落ちて　一四〇
水昏く　八六
道をしへ　二六
蓑を着て　四八
身をよぢて　一七二

む

村人を　一七一

め

名月や　一四二
瞑想の　三九
目覚めては　七八
めざめれば　四九
目を剝いて　一七二

も

もう鮭に　一〇〇
もの一つ　三三

や

焼けただれ　一五八
山はいま　八
山の水
　マチスの桃を　八三
桃が浮いたり　八四
山一つ　一四
闇と闇　一三七
やらふべき　五八
やはらかな
　息をしてゐる　一三三
　団扇の風に　一三五

ゆ

夕顔の
　棚立てかけて　八五
　花の大きな　八五
　花をあふれて　八五
夕焼けて　一〇八
雪山の　六〇
行く秋の　九二
湯豆腐や　一四七
夢でしか　一四
揺れながら　一七九

よ

余花朗の　三七
欲望の　四三
夜なべして　一五二
夜白き　一三六

ら

落雁の　三八
ラグビーの　五八
ラ・フランス
　銀にさびたる　一三九
　みな木もれ日と　一三九

り

龍といふ　一〇八
龍の骨　一四三
龍は牙　一四六
りんりんと　一〇八

れ

蓮根の　一四八

わ

わが家に　九六
若き日の　六七
我のみか　七九
我もまた　一一九
我をみる　一四四

著者略歴

長谷川　櫂（はせがわ　かい）

一九五四年（昭和二十九年）熊本県生まれ。俳人。俳句結社「古志」前主宰。「きごさい（季語と歳時記の会）」代表。朝日俳壇選者。

句集『古志』『虚空』（読売文学賞）、『柏餅』『吉野』『九月』『震災歌集　震災句集』、評論集『俳句の宇宙』（サントリー学芸賞）、『古池に蛙は飛びこんだか』『芭蕉の風雅』『俳句の誕生』、エッセイ集『俳句的生活』『和の思想』などがある。

読売新聞に詩歌コラム「四季」を連載、インターネットサイト「俳句的生活」で「ネット投句」「うたたね歌仙」を主宰している。

句集　太陽の門

初版発行日　二〇二一年八月三十日
著　者　長谷川　櫂
定　価　二二〇〇円
発行者　永田　淳
発行所　青磁社
京都市北区上賀茂豊田町四〇―一
（〒六〇三―八〇四五）
電話　〇七五―七〇五―二八三八
振替　〇〇九四〇―二―一二四二二四
https://seijisya.com
装　幀　加藤恒彦
印刷・製本　創栄図書印刷

ISBN978-4-86198-510-2 C0092 ¥2200E